DER GROß INQUISITOR

F. M. DOSTOJEWSKI

In seiner unermeßlichen Barmherzigkeit zeigt Er sich noch einmal den Menschen in derselben Gestalt, in welcher Er vor fünfzehn Jahrhunderten drei Jahre lang unter ihnen gewandelt ist. Er läßt sich herab auf die ›brennenden Plätze‹ der südlichen Stadt, in der noch am Vorabend in Gegenwart des Königs, des gesamten Hofstaates, der Ritterschaft, der Kardinäle und entzückender Frauen vor der ganzen Einwohnerschaft Sevillas durch den Kardinal-Großinquisitor nicht weniger als ein volles Hundert Ketzer auf einmal *ad majorem dei gloriam* verbrannt worden war.

Leise und unauffällig erscheint Er unter den Menschen, und siehe, es erkennen Ihn alle. Das Volk drängt sich an Ihn heran mit unbezwinglicher Gewalt. Es umgibt Ihn, wächst um Ihn und folgt Ihm. Schweigend schreitet Er unter ihnen, mit dem stillen Lächeln unendlichen Mitleids auf den Lippen. Die Sonne der Liebe brennt in seinem Herzen, Strahlen des Lichtes, der Erleuchtung und Kraft strömen aus seinen Augen und gießen sich über die Menge und wecken die Herzen der Menschen. Er streckt ihnen seine Hand entgegen und segnet sie, und aus der Berührung mit seinem Körper, ja schon aus seinem Gewande fließt heilende Kraft. Ein Greis, der seit der Kindheit blind war, ruft aus der Schar: ›Herr, heile mich, damit ich Dich erkenne!‹ Und siehe, von seinen Augen fällt es wie Schuppen, und der Blinde sieht. In den Augen der Menschen sind Tränen, das Volk küßt die Erde, über die Er hinwandelt, die Kinder werfen Blumen vor seine Schritte, singen Lieder und rufen Hosianna. ›Er ist es, Er,‹ wiederholen alle, ›Er muß es sein und kein anderer.‹ So kommt Er vor das Tor der Kathedrale, wo Menschen unter Heulen und Wehklagen einen weißen offenen Kindersarg tragen, darin ein siebenjähriges Mädchen liegt, die einzige Tochter eines angesehenen Bürgers der Stadt. Das tote Kind liegt da, ganz in Blumen gebettet. ›Er wird dein Kind auferwecken vom Tode‹, rufen Stimmen der weinenden Mutter zu. Aus der Kathedrale tritt dem Sarge ein Priester entgegen, er vermag nicht gleich zu fassen, was hier geschieht, und runzelt die Stirne. Da hört er ein Aufschluchzen: es ist die Mutter des toten Mädchens, sie wirft sich zu seinen Füßen nieder und hebt ihre Hand zu Ihm auf und ruft aus: ›Wenn Du es bist, dann wecke mein Kind vom Tode auf!‹ Die Prozession bleibt stehen, der Sarg wird vor Ihm auf den Boden gelassen. Er sieht auf ihn hernieder voll Rührung, und sein Mund spricht noch einmal: ›*Talifa kumi.*‹ Und das Mädchen erhebt sich im Sarge, setzt sich auf und blickt im Kreise um sich mit erstaunten offenen Augen. In den Händen hält es das Sträußlein weißer Rosen, mit dem es im Sarge gelegen hat. Das Volk ist bewegt, Stimmen, Schreie, Schluchzen. In diesem Augenblicke geht an der Kathedrale über den Platz der Kardinal vorbei, der Großinquisitor, ein Greis von bald neunzig Jahren, hoch und aufrecht, mit vertrocknetem Gesicht und tiefliegenden Augen, in welchen noch verborgen das Feuer glüht. Heute ist er nicht in den Prunkgewändern, in denen er sich gestern dem Volke gezeigt hatte, da er die Feinde des römischen Glaubens verbrannte nein, heute trägt er die alte grobe Mönchskutte. Ihm folgen in gemessener Entfernung seine düsteren Gehilfen und Knechte, die ›heiligen‹ Wächter. Er bleibt vor der Menge stehen und sieht zu, was geschieht. Er hat alles gesehen; er hat gesehen, wie sie den Sarg vor Ihn hingestellt haben, er hat gesehen, wie sich das Mädchen im Sarge erhoben hat, und über sein Gesicht legt sich ein dunkler Schatten. Er zieht seine dichten, grauen Brauen zusammen, und sein Blick leuchtet auf in Bosheit. Indem er auf Ihn mit dem Finger weist, heißt er die Wächter Ihn ergreifen. Und so groß ist seine Gewalt, und so gehorsam und ergeben ist ihm das Volk, daß die Menge den Wächtern Platz macht und diese unter aller tiefem plötzlichem Schweigen Hand an Ihn legen und Ihn fortführen. Die Volksmenge ist wie e i n Mann, und die Köpfe neigen sich vor dem greisen Inquisitor zu Boden; er segnet schweigend die Menschen und setzt seinen Weg fort.

Die Wache hat inzwischen den Gefangenen in ein enges, dunkles, gewölbtes Verlies im alten Gebäude des heiligen Tribunals geführt und hinter Ihm die Tür geschlossen. Der Tag vergeht, die Nacht bricht herein, die dunkle, glühende, atemlose Nacht Sevillas. Die Luft ist voll vom Duft des Lorbeers und der Zitronenblüte. Um Mitternacht öffnet sich das eiserne Tor des Gefängnisses, und der Großinquisitor tritt leisen Schrittes herein, in der Hand hält er ein Licht. Er ist allein, hinter ihm schließt sich das Tor.

Er bleibt am Eingange stehen und sieht Ihm lange, ein bis zwei Minuten lang, ins Gesicht. Dann tritt er näher heran, stellt den Leuchter auf den Tisch und spricht zu Ihm: ›Bist Du es?‹

Da er keine Antwort erhält, fügt er schnell hinzu: ›Antworte nicht, schweige! Was kannst Du auch sagen? Ich weiß sehr gut, was Du sagen willst; doch Du hast kein Recht, auch nur ein Wort zu dem hinzuzufügen, was einst von Dir selber gesagt worden ist. Warum bist Du gekommen, uns zu stören? Denn dazu bist Du gekommen, Du weißt es selber. Weißt Du aber auch, was morgen geschehen wird? Ich weiß nicht, wer Du bist, ich will auch nicht wissen, ob Du es wirklich bist oder ob Du nur seine Gestalt angenommen hast: aber morgen werde ich Dich richten und verurteilen und Dich auf dem Scheiterhaufen verbrennen als den gefährlichsten aller Ketzer, und dasselbe Volk, das heute Dir die Füße geküßt hat, wird sich morgen auf einen Wink von meiner Hand hin zum Scheiterhaufen stürzen, um dort die Kohlen zu schüren, weißt Du das? Es ist möglich, daß Du es weißt‹, fügte er hinzu, ohne auch nur eine Sekunde den Blick von dem Gefangenen zu lassen.«

»Ich verstehe nicht, Iwan, was das heißen soll«, unterbrach ihn lächelnd Aljoscha, der die ganze Zeit schweigend zugehört hatte. »Ist das Ganze nur die uferlose Phantasie oder eine Verwirrung im Kopfe des Greises, ein unmögliches Quiproquo?«

»Nimm das letzte an,« lachte Iwan, »wenn dich der zeitgenössische Realismus schon so verdorben hat, daß du etwas Phantastisches nicht mehr vertragen kannst! Wenn es ein Quiproquo sein soll, meinetwegen. Es ist wahr, der Greis zählt neunzig Jahre und hat somit Zeit gehabt, den Verstand zu verlieren über seiner Idee; zudem konnte ihn der Gefangene auch durch sein Äußeres aus der Fassung bringen. Vielleicht aber ist es nur der Wahn, das Fiebergesicht eines neunzigjährigen Greises vor dem Tode, das Gehirn hat sich vom Autodafé der hundert verbrannten Ketzer erhitzt. Ist es aber nicht ganz gleichgültig, was es ist, ob ein Quiproquo oder eine uferlose Phantasie? Es handelt sich hier doch nur darum, daß der Greis sich ausspricht, daß er endlich einmal nach neunzig Jahren davon laut redet, worüber er neunzig Jahre lang geschwiegen hat.«

»Und der Gefangene schweigt, er sieht ihn an und sagt kein Wort?«

»Unbedingt, auf alle Fälle«, lachte Iwan. »Der Greis hat Ihn doch selber darauf aufmerksam gemacht, daß Er gar nicht einmal das Recht habe, etwas zu dem hinzuzufügen, was von Ihm schon gesagt worden ist. Wenn du willst, kannst du darin den Grundzug des römischen Katholizismus erblicken, nach meiner Meinung wenigstens: ›Alles wurde von Dir einst dem Papste übergeben und alles ist jetzt beim Papst, tue Du uns nur den einen Gefallen, nicht wiederzukommen und uns zu stören in der Zeit! In diesem Sinne reden sie nicht nur, sondern schreiben sie auch, die Jesuiten wenigstens. Ich selbst habe es so bei ihren Gelehrten gelesen. Hast Du das Recht, auch nur ein einziges von den Geheimnissen jener Welt aufzudecken, aus der Du zu uns herniedergestiegen bist?‹ fragt ihn mein Greis, und er selber gibt sich die Antwort: ›Nein, Du hast nicht das Recht; denn sonst müßtest Du etwas zu dem noch hinzufügen, was von Dir gesagt worden war, und den Menschen die Freiheit nehmen, für die Du einst, da Du auf Erden warst, mit solcher Überzeugung eingetreten bist. Alles, was Du von neuem verkünden könntest, würde somit einen Eingriff in die Glaubensfreiheit der Menschen bedeuten, denn es würde uns wie ein Wunder vorkommen; aber die Freiheit des Glaubens galt Dir damals mehr als jedes andere Gut, damals, vor anderthalbtausend Jahren. Kam das Wort nicht immer wieder aus Deinem Munde: Ich will euch frei machen? Nun, jetzt hast Du sie gesehen, die freien Menschen!‹ ›Ja, das Werk hat uns viel gekostet,‹ fügte er gleich hinzu, indem er Ihn streng anblickt, ›aber wir haben es zu Ende geführt, endlich, in Deinem Namen. Fünfzehn Jahrhunderte lang haben wir uns mit dieser Freiheit geplagt, aber jetzt sind wir damit fertig, fertig für alle Zeiten. Glaubst Du nicht, daß wir damit fertig geworden sind für alle Zeiten? Du siehst mich mit Deinen sanften Augen an und würdigst mich nicht einmal Deines Zornes. So wisse: Jetzt, gerade heute sind die Menschen mehr denn je davon überzeugt, sie wären frei, ganz frei, frei wie nie die Menschheit vor ihnen. In Wahrheit aber haben sie selber uns ihre Freiheit gebracht und demütig uns vor die Füße gelegt. Das war unser Werk. War es diese Freiheit, die Du wünschest?‹«

»Ich verstehe wiederum nicht,« unterbrach ihn Aljoscha: »er ironisiert Ihn und macht sich über Ihn lustig.«

»Nicht im geringsten: er rechnet es sich und den Seinen durchaus als Verdienst an, daß sie endlich die Freiheit niedergerungen haben, und nur darum, um die Menschen glücklich zu machen; denn jetzt erst ist es möglich geworden, an das Glück der Menschen zu denken. Der Mensch ist zum Empörer geschaffen: können Empörer glücklich sein? ›Du wurdest gewarnt,‹ fährt der Greis zu ihm fort, ›es fehlte Dir nicht an Mahnungen und Zeichen, aber Du achtetest nicht darauf. Du kehrtest Dich ab von dem einzigen Wege, auf dem das Heil der Menschen lag, aber zum Glück hast Du uns Dein Werk überlassen, da Du von uns schiedest. Du hast es uns versprochen, Du hast es mit Deinen eigenen Worten bekräftigt, Du hast uns das Recht gegeben zu binden und zu lösen, darum darf Dir jetzt auch nicht einmal der Gedanke kommen, uns dieses Recht zu nehmen. Warum willst Du uns also stören?‹«

»Was heißt das: es hat Dir nicht an Mahnungen und Zeichen gefehlt?« fragte Aljoscha.

»Gerade darüber mußte sich der Greis aussprechen, denn darauf kommt alles an. ›Der furchtbare und kluge Geist, der Geist der Selbstvernichtung und des Nichtseins,‹ fuhr der Greis fort, ›der große Geist redete zu Dir in der Wüste, und uns ist in den Büchern überliefert, daß er Dich dort versuchte. Ist das so richtig? Ist irgendwo, frage ich, mehr Wahrheit enthalten als in den drei Fragen, die er Dir stellte und die Du verwarfst und die in den heiligen Büchern Deine Versuchung genannt werden? Wenn jemals auf Erden ein vollkommenes, ein wirkliches, ein die Erde in ihren Grundfesten erschütterndes Wunder geschehen ist, so ward es an jenem Tage, am Tage der drei Versuchungen. Und nur darin, daß diese Fragen gestellt worden sind, liegt das Wunder. Denken wir uns, diese drei Fragen des furchtbaren Geistes wären ohne eine Spur aus den heiligen Büchern verschwunden und müßten wieder dort eingesetzt, von neuem ausgedacht und verfaßt werden, damit sie wieder in den Büchern wären, denken wir uns, alle Weisen der Erde, die Rechtsgelehrten, die Theologen, die Philosophen und die Dichter würden zusammengerufen, und ihnen sollte die Aufgabe gestellt werden: Sinnet drei Fragen aus, welche nicht nur der ungeheuren Tatsache eines versuchten Gottes entsprechen, sondern außerdem in drei Worten, in drei menschlichen Sätzen die ganze zukünftige Geschichte der Erde und der Menschheit enthalten glaubst Du wirklich, die ganze vereinigte Gelehrsamkeit der Erde vermöchte etwas zu ersinnen, was an Kraft und Tiefe sich jenen drei Fragen vergleichen ließe, die Dir damals in der Wüste von dem mächtigen und klugen Geiste gestellt worden sind? Schon daran, daß sie überhaupt gestellt wurden, erkennst Du, daß Du es hier nicht mit einem menschlichen, fließenden, sondern mit dem ewigen, dauernden Geiste zu tun hast; denn in diesen drei Fragen liegt wie im Schoße die ganze weitere Geschichte der Menschheit, die Zukunft ist darin vorausgesagt, und in drei Bildern vermagst Du alle unlösbaren Widersprüche der menschlichen Natur zu erkennen. Damals konnte es noch nicht offenbar sein, denn die Zukunft lag noch verborgen; aber heute, nach fünfzehn Jahrhunderten, ist es ersichtlich, daß in den drei Fragen alles also recht geraten und vorausgesagt ward und sich bewahrheitet hatte, so daß wir weder etwas hinzuzufügen noch wegzunehmen haben. Entscheide selber, wer damals recht hatte, Du oder der Dich fragte! Erinnere Dich der ersten Frage! Sie lautete nicht buchstäblich, doch wohl dem Geiste nach also: Du willst unter die Menschen treten und gehst zu ihnen mit leeren Händen, Du gehst zu ihnen mit einem Versprechen von einer Freiheit, die sie in ihrer Einfalt und angeborenen Stumpfheit nicht zu fassen vermögen, ja, vor der sie Furcht haben denn es hat niemals für den einzelnen Menschen sowohl wie für das ganze Menschengeschlecht etwas gegeben, das diese weniger zu ertragen fähig waren als eben die Freiheit. Sieh die Steine zu Deinen Füßen ringsum in der nackten und glühenden Wüste: verwandle sie in Brot, und die Menschheit wird Dir folgen wie dem Hirten die Herde, dankbar und gehorsam, wenn auch ewig davor zitternd, Du könntest Deine Hand von ihr nehmen und ihr Dein Brot entziehen! Aber Du wolltest den Menschen nicht der Freiheit berauben, und darum verwarfst Du, was Dir geboten worden war. Denn wo ist da Freiheit, schlossest Du, wenn der Gehorsam mit Broten erkauft wird? Deine Antwort war, daß der Mensch nicht allein vom Brote lebe. Weißt Du aber auch, daß im Namen gerade dieses irdischen Brotes der Geist der Erde sich gegen Dich erheben, sich mit Dir messen und Dich besiegen wird, und daß alle Menschen ihm nachfolgen und ausrufen werden: Wer gleicht diesem Tiere, so uns das Feuer vom Himmel gebracht hat?! Weißt Du auch, daß die Zeiten nicht ausbleiben werden, da den Menschen durch den Mund der Weisen verkündet werden wird: Es gibt keine Verbrechen, es gibt auch keine Sünde, es gibt nur Menschen, die hungern? Mache sie zuerst satt, und dann verlange von ihnen die Tugend: das werden sie auf die Fahne schreiben, mit der sie gegen Dich in den Kampf gehen und in Deinen Tempel eindringen werden. Und an Stelle dieses Deines Tempels wird sich ein neues Gebäude, wird sich zum zweiten Male jener grauenhafte Turm von Babel erheben. Und wenn auch dieser neue genau so wie jener erste nicht zu Ende gebaut werden wird: Du hättest es dazu gar nicht kommen lassen sollen, Du hättest die Leiden der Menschheit um tausend Jahre abkürzen können denn siehst Du, jetzt werden sie zu uns kommen, jetzt, nachdem sie sich tausend Jahre mit ihrem Turm gequält haben. Sie werden uns abermals unter der Erde suchen, sie werden uns aus den Katakomben holen (denn von neuem werden wir verfolgt und gemartert werden) und uns, da sie uns gefunden, zurufen: Macht uns satt, denn die, so uns das Feuer vom Himmel versprochen, waren Betrüger! So werden wir, wir ihnen den Turm zu Ende bauen; denn der baut ihn auf, der die Menschen satt macht, und wir werden sie satt machen in Deinem Namen denn so wollen wir es dann sagen und lügen, daß es in Deinem Namen geschehe. Niemals, zu keiner Zeit werden sie ohne uns den Hunger stillen. Nie wird ihnen eine Wissenschaft das Brot geben, solange sie frei bleiben, und das Ende wird sein, daß sie uns ihre Freiheit zu Füßen legen und zu uns reden werden: Macht uns, wenn es nicht anders geht, zu euren Knechten, aber macht uns satt! Sie werden endlich selber einsehen, daß die Freiheit und das Brot, beide zusammen, nicht denkbar sind, denn niemals werden die Menschen das Brot untereinander zu teilen verstehen. Zudem werden sie sich davon überzeugen, daß sie auch darum nicht frei sein können, weil sie kleinmütig, lasterhaft und nichtig sind und voll von Empörung stecken. Du hast ihnen das Himmelsbrot versprochen, aber ich wiederhole: kann dieses Himmelsbrot sich in den Augen eben dieses schwachen, ewig lasterhaften und ewig undankbaren Geschlechtes mit dem irdischen vergleichen? Und wenn Dir auch im Namen des Himmelsbrotes Tausende und Zehntausende folgen, was geschieht aber mit den Millionen und zehntausend Millionen von Schwachen, die nicht die Kraft haben, das irdische Brot von sich zu weisen und dafür das himmlische zu nehmen? Sprich, sind Dir vielleicht nur die zehntausend Starken und Großen lieb, und sollen die Millionen, die zahllos wie der Sand am Meere und schwach sind, aber Dich lieben, sollen diese nur Stoff sein in der Hand der Großen und Starken? Nein, uns sind auch die Schwachen lieb. Freilich sind sie Sünder und Empörer, aber schließlich werden sie doch den Gehorsam lernen. Und sie werden uns anstaunen und darum für Götter halten, weil wir, nunmehr die Herren, darin eingewilligt haben, die Freiheit, vor der sie zurückgeschreckt sind, auf uns zu nehmen und also die Herrschaft zu führen so entsetzlich wird es für sie geworden sein, frei zu sein. Wir aber werden zu ihnen reden, daß wir Dir gehorchen und in Deinem Namen herrschen. Wir werden sie abermals betrügen, denn Dich werden wir nun nicht mehr zu uns einlassen. In diesem Betrug wird auch unser Leiden liegen, denn wir werden zur Lüge gezwungen sein. Das war der Sinn der ersten Frage und Versuchung in der Wüste. Und Du hast sie verworfen im Namen der Freiheit, die Du höher stelltest als alle Güter der Erde. Und in dieser Frage war das große Geheimnis dieser Welt enthalten. Wenn Du die Brote angenommen hättest, so würdest Du damit auch eine Antwort gefunden haben auf die große, leidvolle Frage, die sich der einzelne Mensch nicht weniger als die ganze Menschheit ewig stellt, auf die Frage: Wen sollen wir anbeten? Es gibt keine Sorge, die den freien Menschen so ununterbrochen quälte wie diese, das Wesen so schnell es geht zu suchen, vor dem er sich in Andacht verneigen könnte; denn der Mensch sehnt sich danach, ihn drängt es, das anzubeten, das unbedingt und zweifellos ist, damit auf diese Weise alle Menschen ohne Unterschied in diese Andacht einwilligten. Denn die Sorge dieser erbarmungswürdigen Geschöpfe liegt nicht darin, den Gegenstand zu suchen, vor dem ich oder ein anderer uns verneigten, sondern eben jenen, an den alle glaubten, und vor dem sie dann in die Knie sänken, alle, alle zusammen. Siehst Du, dieses Verlangen nach gemeinsamer Anbetung peinigt den einzelnen Menschen ebenso wie die ganze Menschheit mehr denn jedes andere seit dem Beginne der Zeiten. Und darum, um der gemeinsamen Anbetung willen, rottet ein Volk das andere aus mit dem Schwerte; die Menschen schaffen sich Götter und rufen einander zu: Werft die euren in den Staub und betet zu den unseren, sonst seid ihr und euer Gott des Todes. Und so wird es bis zum Ende der Welt sein, auch dann noch, wenn aus der Welt die Götter gewichen sind. Die Menschen werden dann vor Götzen in die Knie sinken. Du hast um dieses Geheimnis der menschlichen Natur gewußt, Du mußtest darum wissen, aber Du hast das einzige Mittel und Zeichen von Dir gewiesen, welches Dir angeboten worden war, um die Menschen alle dazu zu bringen, sich vor Dir in gemeinsamer Andacht zu verneigen, das Zeichen des irdischen Brotes. Und Du hast es verworfen im Namen der Freiheit und des himmlischen Brotes. Und höre zu, was Du weiter tatest, und wiederum im Namen der Freiheit! Ich habe Dir gesagt, der Mensch kenne keine quälendere Sorge als den ausfindig zu machen, dem er so schnell wie möglich jenes kostbare Geschenk der Freiheit zurückgeben könnte, mit dem dieses unselige Geschöpf in die Welt gesetzt worden ist. Aber nur der bemächtigt sich der Freiheit der Menschen, der ihr Gewissen beruhigt. Mit dem Brote ward Dir die unbestrittene Macht über die Menschen geboten: gibst Du Brot, so werden Dich die Menschen anbeten, denn am Brote zweifelt niemand. Wenn aber zu gleicher Zeit einer sich ihrer Gewissen bemächtigt, ohne daß sie darum wüßten, o glaube mir, dann wird er auch Dein Brot von sich werfen und dem nachfolgen, der sein Gewissen beruhigt. Darin hattest Du recht; denn das Geheimnis des Menschenlebens liegt nicht allein darin, daß der Mensch lebe, sondern auch in dem Zweck, wofür er lebt. Ohne die zwingende, bedeutende Vorstellung eines Zweckes, für den er leben dürfe, vermag kein Mensch in das Leben selber einzuwilligen, und er wird sich eher das Leben nehmen, als daß er unter solchen Bedingungen auf der Erde verweilte, wenn auch rings um ihn alles zu Brot geworden wäre. Das ist die Wahrheit, aber was tatest Du? Statt das Gewissen zu beherrschen, hast Du es nur noch tiefer gemacht. Oder hast Du vergessen, daß Ruhe, daß der Tod selber dem Menschen lieber seien als die freie Wahl zwischen Gut und Böse? Gewiß ist für ihn nichts so verführerisch wie die Gewissensfreiheit, nichts aber peinigt ihn auch mehr. Statt ihm nun ein für allemal feste Satzungen zu geben zu seiner Gewissensberuhigung, suchst Du alles, was ungewöhnlich, rätselhaft und schwankend ist, wählst Du alles, was über die Kräfte der Menschen geht, und handelst ganz wie einer, der die Menschen nicht liebt, Du, der Du gekommen warst, Dein Leben für die Menschen zu lassen! Statt also Dich der Freiheit der Menschen zu bemächtigen, hast Du deren Grenzen nur erweitert und hast die Seele des Menschen für alle Zeiten mit neuem Leid überladen. Dein Wunsch war die freie Liebe des Menschen; frei sollte er Dir nachfolgen, von Dir gelockt und gefangen. Statt sich nach den alten harten Gesetzen zu richten, sollte der Mensch von nun an freien Herzens vor sich selber entscheiden, was gut und was böse sei, mit Deinem Beispiel vor der Seele. Ist Dir damals nie der Gedanke gekommen, daß der Mensch Deine Wahrheit bestreiten und Dein Beispiel verleugnen wird, wenn ihn Deine Wahrheit mit einer solchen Last, wie es die Wahl zwischen Gut und Böse ist, drücken muß? Die Menschen werden es laut verkünden, endlich, daß die Wahrheit gar nicht in Dir sei; denn es war nicht möglich, sie in ärgerer Qual und Not zu lassen, als Du es tatest, da Du ihnen nur Sorge und unauflösbare Rätsel auf Erden zurückließest. Auf solche Weise hast Du selber den Grund gelegt zur Zerstörung Deines Reiches, gib also niemand anderem mehr die Schuld daran! Es gibt drei Gewalten, drei, nicht mehr, auf Erden, die mächtig sind, für ewig das Gewissen dieser erbärmlichen Empörer zu unterjochen und zu knechten, zu ihrem Glück. Und diese drei Gewalten sind: das Wunder, das Geheimnis und die Autorität. Du hast die eine und die andere und auch die dritte von Dir gewiesen und den Menschen also ein Beispiel gegeben. Als der furchtbare und weise Geist Dich auf die Zinnen des Tempels führte, sprach er zu Dir: Wenn Du wissen willst, ob Du der Sohn Gottes seist, so stürze Dich von hier herab; denn es steht geschrieben, daß Engel Dich auffangen und tragen werden und Du nicht fallen noch Deinen Leib zerschmettern wirst, und also wirst Du wissen, daß Du Gottes Sohn bist, und wirst den Menschen für ewig zeigen, wie groß Dein Glaube an den Vater im Himmel ist! Du aber, da Du den bösen Geist also hörtest, wiesest diesen Antrag von Dir und warfst Dich nicht herab von den Zinnen des Tempels. O gewiß, in diesem Augenblick warst Du stolz und herrlich wie ein Gott, aber sage: sind auch die Menschen, dieses schwache Geschlecht von Empörern, Götter? Du wußtest damals, daß, so Du nur einen Schritt machst, eine einzige Bewegung, um Dich herabzustürzen, Du Gott selber in Versuchung führen und Deinen Glauben an ihn verlieren und Deine Glieder an derselben Erde zerschmettern würdest, die Du zu erlösen gekommen warst, und daß also der kluge Geist frohlocken würde, da er Dich also verführt hatte. Aber ich wiederhole: Gibt es viele so wie Du? Konntest Du auch nur den Augenblick lang annehmen, daß eine solche Versuchung nicht ganz und gar über die Kraft des Menschen ginge? Ist die menschliche Natur stark genug, daß sie das Wunder von sich weisen und in den furchtbaren Augenblicken des Lebens, in den Augenblicken der schrecklichsten und quälendsten Zweifel der Seele, allein stehen dürfe, allein mit dem freien Entschluß des Herzens? Du wußtest wohl, daß Dein Sieg in den Büchern der Menschen aufbewahrt werden und bis ans Ende der Zeiten und bis an die letzten Grenzen der Erde gelangen würde, und Deine Hoffnung war, daß auch der Mensch, indem er Deinem Beispiel folgte, bei Gott ausharren und des Wunders nicht bedürfen würde. Aber Du wußtest nicht, daß der Mensch mit dem Wunder auch Gott verwerfen müsse; denn der Mensch sucht Gott nicht mit mehr Eifer, als er nach dem Wunder verlangt. Und weil der Mensch ohne Wunder zu bleiben nicht die Kraft hat, so wird er sich selber neue, eigene schaffen. Er wird an die Wunder von Zauberern und an die Hexenkünste alter Weiber glauben, wie gewaltig und kühn auch seine Empörung, seine Ketzerei und Gottlosigkeit sein mögen. Du bist nicht vom Kreuz herabgestiegen, als sie Dir, indem sie Dir die Kleider vom Leibe rissen und Dich verhöhnten, zuriefen: Steig vom Kreuz herab, und wir werden glauben, daß Du der Sohn Gottes bist. Du bist deshalb nicht herabgestiegen, weil Du wiederum die Menschen nicht mit dem Wunder knechten wolltest und Dich nach dem freien und nicht nach dem Wunderglauben dürstete. Du sehntest Dich nach der freien Liebe und verwarfst das feige Entzücken der Sklaven vor der Macht. Aber Du dachtest zu hoch von den Menschen, denn sie sind nun einmal Sklaven, wenn auch zur Empörung geschaffen. Blicke um Dich und urteile selbst! Fünfzehn Jahrhunderte sind vergangen, komm, sieh Dir die Menschen an: wen hast Du da bis zu Dir emporgehoben? Ich bezeuge es: der Mensch ist schwächer und niedriger, als Du dachtest. Kann er wirklich alles das erfüllen, was Du ihn gewiesen hast? Indem Du also hoch von ihm dachtest, hast Du wie einer gehandelt, der kein Mitleid mit ihm fühlt, da Du allzuviel von ihm verlangtest und das tatest Du, der Du ihn mehr liebst als Dich selber. Hättest Du ihn niedriger eingeschätzt, so würdest Du weniger von ihm verlangt haben, und es würde mehr der Liebe geglichen haben, denn die Bürde wäre leichter zu tragen gewesen. Er ist schwach, und er ist gemein. Was liegt schließlich daran, daß er sich allerorten jetzt gegen unsere Macht empört und sich darauf viel einbildet, daß er sich empört! Ich sage Dir, es ist die Empörung von Kindern und Schulknaben; das sind kleine Kinder, die sich in der Klasse zusammenrotten und den Lehrer davonjagen. Doch diesem Jubeln der Kinder wird bald ein Ende gesetzt sein, und es wird sie teuer zu stehen kommen. Sie reißen die Tempel ein und begießen die Erde mit Blut, aber endlich werden sie es selber spüren, diese törichten Knaben, daß, wenn sie auch Empörer sind, ihre Empörung doch nur erbärmlich ist und daß sie selber ihre eigene Empörung nicht lange aushalten. So werden sie wie dumme Kinder zu heulen anfangen und einsehen, daß Er, der sie zu Empörern geschaffen hat, sich ganz zweifellos über sie hatte lustig machen wollen. Sie werden es in ihrer Verzweiflung so aussprechen, und ihre Rede wird Gotteslästerung sein, um derentwillen sie noch unglücklicher sein werden. Denn die menschliche Natur vermag Gotteslästerung nicht zu ertragen und straft sich schließlich selber dafür. Unruhe, Verwirrung und Unglück: da hast Du das Los der gegenwärtigen Menschen nach allem, was Du für deren Freiheit gelitten hast. Dein großer Prophet spricht in seinen Gesichten, daß er alle gesehen, die an der Auferstehung teilgenommen hätten, und daß es aus jedem Stamme zwölftausend gewesen wären aber wenn es nicht mehr sind, so waren sie eben nicht Menschen, sondern schon Götter. Sie haben Dein Kreuz getragen, sie haben zehn Jahre in der hungernden und nackten Wüste gelebt und sich dort von Heuschrecken und Wurzeln genährt gewiß kannst Du jetzt mit Stolz auf sie hinweisen, auf diese Kinder der Freiheit, der freien Liebe, des freien erhabenen Opfers in Deinem Namen, doch vergiß nicht, daß ihrer nur einige Tausend und daß sie Götter waren! Was geschieht aber mit den anderen, was haben Dir die übrigen schwachen Menschen getan, daß sie das nicht aushielten, was die starken zu tragen die Kraft hatten? Ist es die Schuld der schwachen Seele, daß sie nicht mächtig sei, so furchtbare Geschenke in sich zu fassen? Bist Du nur zu den Auserwählten und ihretwegen geraden Weges vom Himmel heruntergestiegen? Wenn ja, so ist dies ein Geheimnis, das wir nicht zu begreifen vermögen. Und wenn es ein Geheimnis ist, so haben auch wir das Recht, das Geheimnis zu verkünden und sie zu lehren, daß nicht der freie Entschluß des Herzens und nicht die Liebe, sondern eben das Geheimnis entscheide, als welchem sie blind, ja gegen ihr eigenes Gewissen gehorchen sollten. Und so haben wir auch gehandelt. Wir haben Deine Tat verbessert und sie auf dem Wunder, auf dem Geheimnis und auf der Autorität neu aufgebaut. Und die Menschen sind es froh, daß wir sie abermals führen wie eine Herde und daß wir aus ihren Herzen die furchtbare Gabe wieder stahlen, die ihnen soviel Qual gebracht hat. Sprich, haben wir recht gehandelt? Haben wir die Menschheit nicht geliebt, indem wir in Demut deren Schwäche erkannten und mit Liebe die Bürde leichter machten und die schwache Natur von der Sünde freisprachen? Warum bist Du also gekommen, uns zu stören? Warum blickst Du mich so still und durchdringend mit Deinen sanften Augen an? Zürnst Du mir dafür, daß ich Deine Liebe nicht will, weil ich Dich selber nicht liebe? Warum sollte ich es vor Dir verheimlichen, ich weiß ja nicht, zu wem ich rede; was ich Dir zu sagen habe, das weißt Du im voraus, ich lese es in Deinen Augen. Soll ich Dir unser Geheimnis enthüllen? Vielleicht willst Du es aus meinem Munde hören, so vernimm denn: Wir sind nicht mit Dir, sondern mit i h m , das ist unser Geheimnis. Schon lange sind wir nicht mit Dir, sondern mit i h m , schon acht Jahrhunderte. Acht Jahrhunderte ist es her, daß wir das von i h m annahmen, was Du mit Zorn zurückgewiesen hast, jenes letzte Geschenk, das er Dir anbot, indem er vor Deinen Augen die Reiche der Erde entfaltete. Wir haben aus seiner Hand Rom und das Schwert Cäsars empfangen und uns für die Herren der Erde erklärt, die einzigen, wenn auch unser Werk bis jetzt noch nicht zu Ende geführt ist. Wer ist aber daran schuld? O, unser Werk ist noch in seinen Anfängen, aber es hat begonnen; noch lange müssen wir auf dessen Vollendung warten, und noch viel Leiden wird auf der Erde sein, aber wir werden es vollenden und die Herren der Erde sein, und dann erst wird die Zeit gekommen sein, daß wir an das allgemeine, ewige Glück der Menschen denken. Und doch hättest Du damals schon das Schwert Cäsars an Dich reißen können! Warum hast Du auch dieses letzte Geschenk zurückgewiesen? Wärest Du damals seinem Rate gefolgt, so würdest Du alles gehabt haben, wonach den Menschen auf Erden verlangt: den Gott, den er anbeten, den Herrn, dem er sein Gewissen übergeben will, und den Weg und die Weise, wie sich die ganze Menschheit endgültig zu einem einzigen, einstimmigen Ameisenhaufen vereinen kann. Denn dieses Verlangen nach weltumspannender Einheit ist die dritte und letzte Sorge des Menschen. Seit jeher ist das Streben der ganzen Menschheit die Welteinheit gewesen. Es hat viele große Völker gegeben mit großer Geschichte, aber je höher sie aufstiegen, um so glücklicher waren sie, denn um so stärker empfanden sie die Notwendigkeit der Einigung aller Völker. Die großen Heerführer, ein Timur und Dschingis-Chan sind wie ein Wirbelwind über die Erde dahingejagt und haben die Welt mit dem Schwerte zu erobern gesucht. Aber auch sie drückten, wenn auch unbewußt, denselben gewaltigen Drang der Menschheit nach dem Weltreich aus. Hättest Du das Reich und den Purpur Cäsars damals angenommen, so würdest Du das Weltenreich gegründet und der Welt ewigen Frieden gegeben haben. Wer soll denn über die Menschen herrschen, wenn nicht der, der ihr Gewissen unterjocht und in dessen Hand das Brot ist? Wir nun haben uns mit dem Schwerte Cäsars gegürtet und Dich damit für alle Zeiten besiegt und sind i h m nachgefolgt. O gewiß, es werden noch Jahrhunderte des Mißbrauchs der menschlichen Geisteskraft kommen, Jahrhunderte der Wissenschaft und Menschenfresserei denn wenn sie ihren babylonischen Turm ohne uns zu Ende führen wollen, werden sie bei der Menschenfresserei aufhören. Dann aber wird das Tier zu uns gekrochen kommen und uns die Füße lecken und mit blutigen Tränen netzen. Und wir werden uns auf das Tier setzen und den Kelch hochheben, und auf diesem wird geschrieben stehen: Geheimnis. Aber dann erst und nicht früher wird für die Menschen das Reich des Friedens und des Glückes gekommen sein. Du bist stolz auf Deine Auserwählten, denn Du hast nur Auserwählte, wir aber werden allen Menschen Ruhe und Frieden bringen. Doch das ist noch nicht alles, vergiß nicht: gar viele von den Auserwählten, von den Starken, die da Auserwählte hätten werden können, sind des Wartens auf Dein Kommen müde geworden und haben die Kraft ihres Geistes und die Glut ihres Herzens in ein fremdes Land gebracht und auf einen fremden Acker getragen und tragen es noch immer dorthin, so daß sie schließlich gegen Dich die Fahne der Freiheit, die Du selbst einst aufgerichtet hattest, aufpflanzen werden. Bei uns aber werden alle glücklich sein, alle ohne Unterschied, und es wird keine Empörung mehr unter den Menschen herrschen, und sie werden sich nicht mehr gegenseitig das Schwert in den Leib stoßen, wie sie es in Deinem freien Reiche immer getan haben. Wir werden sie davon überzeugen, daß sie nur dann frei sein können, wenn sie sich von ihrer Freiheit zu unseren Gunsten lossagen und uns sich ergeben. Werden wir recht damit tun oder werden wir lügen? Die Menschen selber werden davon überzeugt sein, daß wir recht haben; denn sie werden es nie vergessen, zu welchen Schrecknissen der Knechtschaft und Erniedrigung Deine Freiheit sie geführt hat. Die Freiheit, der freie Geist, die freie Wissenschaft werden sie vor solche Abgründe bringen und vor solche Wunder und unenthüllbare Geheimnisse stellen, daß die einen, die Unruhigen und Unbändigen, sich das Leben nehmen, daß die anderen, die wohl unruhig, aber schwach sind, sich gegenseitig töten werden; die übrigen aber, die Demütigen und Unglücklichen, die werden zu uns gekrochen kommen und zu uns reden: Ja, ihr hattet recht, ihr allein seid die Herren des Geheimnisses, und wir kehren zu euch zurück; rettet uns vor uns selber! Da sie aus unseren Händen das Brot empfangen, werden sie natürlich sehr gut wissen, daß wir nur ihr mit eigenen Händen erworbenes Brot genommen haben und jetzt unter sie verteilen, ohne jedes Wunder. Sie werden keinen Augenblick darüber im Zweifel sein, daß wir durchaus nicht Steine in Brot verwandelt haben. Aber wahrlich mehr noch als über diese Brote werden sie sich darüber freuen, daß sie es aus unseren Händen haben. Denn nur zu gut werden sie sich dessen erinnern, daß früher, ohne uns, in ihren Händen das Brot sich in Steine verwandelt hatte, daß jetzt aber, da sie zu uns zurückgekehrt sind, die Steine zu Broten würden. Zu gut werden sie es zu würdigen wissen, zu gut, sage ich, was es heißt, sich für immer zu unterwerfen. Denn solange die Menschen das nicht begreifen, werden sie unglücklich sein. Wer vor allen aber hat sie dazu befähigt, das nicht zu begreifen? Wer hat die Herde zerstückt und auf unbekannten Wegen zerstreut? Antworte! Doch die Herde wird sich von neuem sammeln und von neuem beruhigen und von da an für immer. Wir werden ihnen das stille Glück, den Frieden der schwächlichen Menschen geben, zu dem sie auch geschaffen sind; wir werden sie davon überzeugen, daß Stolz und Übermut zu nichts taugen, denn Du hast sie über sich selber gehoben und sie also den Hochmut gelehrt; wir werden ihnen beweisen, daß sie Schwächlinge, daß sie kleine klagende Kinder seien, daß aber kein Glück so süß sei wie eben das Glück der Kinder. Sie werden zaghaft werden und zu uns hinaufblicken und sich an uns schmiegen in ihrer Furcht wie die Küchlein an die Henne. Und sie werden uns anstaunen und Angst haben vor uns und doch stolz darauf sein, daß wir so mächtig und so klug seien und daß wir es verstanden haben, die aufrührerische Herde zu bändigen. Sie werden ohnmächtig vor unserem Zorn zittern, ihr Geist wird zaghaft werden, und ihre Augen werden sich mit Tränen füllen wie die Augen der Kinder und Weiber; aber leicht werden sie auf einen Wink von uns zur Heiterkeit und zum Lachen übergehen, zu heller Freude und glückseligen Kinderliedern. Gewiß, auch wir werden sie zur Arbeit anhalten; aber in den arbeitsfreien Stunden werden wir ihnen das Leben wie ein Kinderspiel gestalten, mit Kinderliedern, Kinderchören und unschuldigen Tänzen. Wir werden sie von ihren Sünden lossprechen, denn sie sind schwach und erbärmlich, und sie werden uns lieben wie Kinder dafür, daß wir ihnen die Sünde erlauben. Wir werden ihnen sagen, daß jede Sünde ihnen abgekauft wird, wenn sie mit unserer Erlaubnis geschah, und wir werden ihnen darum zu sündigen erlauben, weil wir sie lieben; die Strafe aber für ihre Sünden werden wir auf uns nehmen. So wird es sein. Wir werden selber die Sünde tragen, und sie werden uns verehren als ihre Wohltäter, weil wir vor Gott ihre Sünden auf uns nehmen. Sie werden kein Geheimnis vor uns haben, wir werden ihnen bald erlauben, bald verbieten, mit ihren Frauen oder Geliebten zu leben, Kinder zu haben oder nicht; es wird alles von ihrem Gehorsam abhängen, und sie werden sich unserem Willen mit Freude und Entzücken ergeben. Auch die quälendsten Geheimnisse ihres Gewissens alles, alles werden sie uns bringen, und wir werden sie davon befreien, und sie werden unserer Entscheidung frohen Herzens glauben, weil diese sie von dem großen Kummer und der Qual der persönlichen unfreien Entscheidung entbunden hat. Alle werden sie glücklich sein, alle diese Millionen von Untertanen, alle mit Ausnahme von den Hunderttausenden, die über sie herrschen; denn wir, wir, die wir das Geheimnis bewahren, wir allein werden unglücklich sein. Es wird tausend Millionen glückliche Kinder geben und hunderttausend Märtyrer, die da auf sich genommen haben die verfluchte Erkenntnis des Guten und Bösen. In Frieden werden sie sterben, stille verlöschen, mit Deinem Namen auf den Lippen, und jenseits des Grabes nur den Tod finden. Wir aber werden das Geheimnis hüten und zu ihrem Heil sie locken zu himmlischer ewiger Belohnung. Denn selbst, wenn es dort oben etwas wie Belohnung gäbe, so wäre es doch nicht für solche wie sie. Es heißt und wurde verkündet, daß Du wiederkommen und von neuem siegen, daß Du mit deinen Auserwählten, mit den Stolzen und Starken kommen wirst. Nun, so werden wir erklären, daß sie sich selber, wir aber alle erlöst haben. Es heißt, daß die Buhlerin, die auf dem Tiere sitzt und in ihren Händen das Geheimnis hält, beschimpft werden wird, daß von neuem die Schwächlinge sich empören werden, daß sie den Purpur zerreißen und den schamlosen Körper des Weibes entblößen werden dann aber werde ich mich erheben und Dir die tausend Millionen glücklicher Kinder zeigen, die nichts von Sünde wissen. Und wir, die wir die Sünde zu deren Glück auf uns genommen haben, wir werden uns vor Dir erheben und sagen: Richte uns, wenn Du es kannst und wagst! Wisse, daß ich Dich nicht fürchte, wisse, daß auch ich in der Wüste gelebt habe und mich dort von Heuschrecken und Wurzeln genährt habe, daß auch ich die Freiheit gesegnet habe, mit der Du die Menschen gesegnet hast, daß auch ich mich vorbereitet hatte, unter die Auserwählten zu treten, unter die Stolzen und Starken, dürstend, daß die Zahl voll werde! Doch ich bin erwacht und wollte Dir nicht mehr mit dem Wahnsinn dienen, ich bin umgekehrt und habe mich der Schar derer angeschlossen, die Deine Tat verbessern wollten. Ich bin aus der Reihe der Stolzen ausgeschieden und bin zurückgekehrt zu denen, die sich gedemütigt haben zum Heile der Sterblichen. Das, was ich zu Dir gesprochen habe, wird sein, und unser Reich wird gegründet werden. Ich wiederhole Dir: morgen wirst Du selber die gehorsame Schar sehen, die auf den ersten Wink meiner Hand sich zum Scheiterhaufen stürzen wird, um die Kohlen zu schüren, auf welchen Du dafür brennen sollst, daß Du gekommen bist, uns zu stören; denn wenn jemand lebt, der mehr als alle Ketzer unseren Scheiterhaufen verdient, so bist Du es. Morgen werde ich Dich verbrennen.‹

Da der Inquisitor seine Rede beendet hat, wartet er, daß der Gefangene ihm antworte, denn daß dieser schweigt, bedrückt ihn. Er sieht, wie der Gefangene ihm die ganze Zeit über aufmerksam zuhört und ihm dabei gerade ins Auge sieht, ohne daß Er auch nur im geringsten den Wunsch verriete, ihm zu erwidern. Der Greis möchte, daß Er ihm ein Wort nur sagte, ein stolzes meinetwegen, ein furchtbares. Doch Er steht plötzlich auf, tritt an den Greis heran und küßt ihn sanft auf dessen blutlose Lippen. Das war seine Antwort. Der Greis erbebt. Seine Mundwinkel bewegen sich. Er geht zur Tür, öffnet sie und spricht zu Ihm: ›Gehe hinaus und kehre nicht wieder kehre nie wieder nie, nie!‹ Er läßt Ihn hinaus auf die ›dunklen schweigenden Plätze‹ der Stadt. Der Gefangene geht hinaus.

Note

Auf seiner ersten Reise nach dem Westen kam Dostojewski auch nach Rom, wo ihn weder das Altertum noch das sich bildende *terzo regno*, sondern einzig und allein die Peterskirche und der Vatikan interessierten. In einem Briefe an seinen Bruder berichtet er davon. Auf diesen ihn tief erschütternden Eindruck mag der Großinquisitor historisch zurückgeführt werden. Im wesentlichen ist der Großinquisitor jedoch die ganze Dichtung, der große Gedanke Dostojewskis, in eine Parabel gebracht: der Kampf der mechanischen Welt, als deren sublimster Ausdruck Dostojewski der Katholizismus erscheint, gegen den Geist, gegen Christus.

Alle großen Christen der neueren Zeit, Pascal, Goethe, William Blake, Kierkegaard haben wie Dostojewski gefühlt; was den russischen Dichter jedoch unterscheidet, ist, daß in dem Kampf, wie er ihn sieht, beide recht haben: der Kardinal-Großinquisitor und Christus, und nicht nur Christus allein wie bei Pascal, bei Goethe, bei Kierkegaard. Dostojewski löst, vielmehr setzt den Konflikt nicht als Fanatiker, als Theologe oder Räsoneur, nicht als Rechtender und Klagender, sondern als Dramatiker, das heißt: er legt ihn in die Seele des Dichters der Erzählung selber, in die tiefe, leidende, verzweifelnde Seele Iwan Karamasoffs. Und das ist das Russische, das Neue, das Übereuropäische an dieser unsterblichen Erzählung, die sicherlich den großen Gedanken des Christentums noch einmal denkt wie keine andere im 19. Jahrhundert.

R. K.